SECOND AVIS

A

MONSIEUR GOYET,

Par M. J.

COMPTE RENDU

AU

PUBLIC,

DU

SUCCÈS DE LA PREMIÈRE LEÇON

DE

LOGIQUE ET DE BON SENS,

Donnée à M. Barbier, Par M. J.

1818.

IMPRIMERIE DE MONNOYER, IMPRIMEUR DU ROI.
1818. (Mans.)

SECOND AVIS

A

MONSIEUR GOYET,

PAR M. J.

DANS mon Avis important je vous ai dit, M. Goyet, que je vous déclinerais volontiers mon nom, si vous paraissiez mettre moins d'importance à le connaître, parce que je n'ai aucune raison particulière pour chercher à le cacher; je ne crains point, Dieu merci, ce que l'on pourrait me reprocher, et les assignations que vous avez envoyées à M. Monnoyer ne me font point peur.

Vous croyez maintenant me connaître parfaitement, ou plutôt nous connaître; car vous êtes persuadé que nous sommes plusieurs coopérateurs, au moins deux ou trois. Cela serait possible, sans doute, mais cela n'est pas; vous aurez la bonté de m'en croire sur parole, comme je vais croire désormais que vous êtes seul auteur du Propagateur, puisque vous l'assurez, quoiqu'auparavant je fusse fondé à regarder M. Barbier comme votre associé dans cette grande entreprise. Que vous me connaissiez ou que vous ne me connaissiez pas, peu m'importe : je vous permets de rouler vos pensées dans votre tête comme il vous plaira, et de fixer votre jugement sur moi ou sur un autre , parce que , si vous vous trompez , il n'en peut arriver grand mal à celui sur qui vos soupçons s'arrêteront faussement ; autrement je voudrais prendre sur moi la responsabilité.

Quels que soit mon état et ma profession , mon âge ou mon caractère , c'est sur ce que j'ai écrit, sur ce que j'ai dit de vous , que vous devez me juger , me condamner ou me faire condamner ; car , quoique vous en disiez, je ne vous ai point jugé autrement , du moins je n'en ai pas eu l'intention. Si, dans ce que j'ai dit , il se trouve quelque inculpation contre vous, qui n'ait pas son fondement dans vos brochures ou dans celles dont vous vous déclarez l'apologiste , je l'ai désavoué d'avance , et je suis encore tout prêt à le rétracter. Si je vous ai traité peu respectueusement , c'est parce que vous m'avez paru extrêmement peu respectable dans votre ton , dans vos manières , dans vos anecdotes , dans vos citations, dans vos censures. Quiconque lira vos brochures , ne sera que trop convaincu que je n'ai dit que la vérité, et que je ne l'ai pas dite toute entière.

Supposant que, par état, je dois vivre dans la retraite, vous concluez que j'ai eu très - grand tort d'écrire contre vous, que je ne dois pas me mêler de vos affaires , si je ne veux point que vous touchiez à l'encensoir. Je pourrais peut-être vous observer que quand je me mêlerais quelquefois de vos affaires , il ne s'en suivrait pas, en bonne logique , que vous eussiez le droit de mettre la main à l'encensoir. Ce n'est point en récriminant qu'on se justifie , et surtout on ne doit jamais conclure du particulier au général. Si j'ai mal dit, rendez-en témoignage ; montrez-le-moi, et n'allez pas accuser ceux qui n'y sont pour rien. Tous ceux qui vivent dans la société sont intéressés à ce qu'on ne porte pas atteinte à ses bases, à ce qu'on ne propage pas des doctrines funestes, qui compromettent tôt ou tard le repos et la tranquillité des peuples en les excitant à des excès dont ils souffrent les premiers. Ainsi, en admettant que je fusse, si on veut, moine ou reclus, j'aurais le droit, peut-être même serait-ce un devoir pour moi, lorsqu'on répand des écrits condamnables sous ce rapport, et que personne n'y répond, d'élever la voix et de rappeler les vrais principes, afin de les sauver et de sauver en même temps ceux qui, en s'en écartant, ne peuvent que périr.

Cependant, M. Goyet, abstraction faite, si vous voulez, des droits ou des convenances, laissant ce point de côté sans le discuter, je suis prêt à faire une convention avec vous, et je vous proteste que j'y serai fidèle. Deux fois déjà je vous en ai fait la proposition, et il ne tient qu'à vous d'y souscrire. Cessez d'écrire, ou écrivez d'une manière irréprochable, et vous n'entendrez point parler de moi : faites des comptes, discutez les lois, commentez les codes et citez-les tant que vous voudrez, je ne m'y opposerai point. J'ai parlé des affaires politiques, j'ai relevé quelques-unes de vos erreurs et de vos mensonges, sur des points qui sont, à ce que vous prétendez, hors de mes attributions. Je ne suis pas forcé d'en convenir, mais soit; j'y consens : que s'en suit-il ? ai-je eu tort ? sont-ce des mensonges, oui ou non ? Si ce sont des mensonges, ne pouvais-je pas , les rencontrant sur ma route , les recueillir sans injustice , et les faire remarquer comme des preuves de la confiance que vous méritez sur d'autres points plus essentiels , et sur lesquels vous ne contesterez pas mon droit?

Vous assurez que je suis Prêtre , et que je dois étudier S. Augustin et S. Thomas : j'admets volontiers votre hypothèse avec ses conséquences , et je ne me crois point déshonoré. Me voilà donc condamné par M. Goyet à étudier ces deux Docteurs de l'Eglise. Il n'y a peut-être pas tant de quoi me désoler. Je pourais bien y trouver autant de vérité et d'agrément que dans le Propagateur. Mais si , tandis que j'étudie ces ouvrages si longs , si solides , si profonds ; tandis que je me pénètre des sentimens qui les ont dictés , que j'admire la doctrine qu'ils renferment , on vient insolemment l'attaquer; si, par de petites brochures bleues, rouges ou jaunes , on vient jeter du mépris sur ce que ces grands hommes m'apprennent à révérer , ne pourais-je pas , sans manquer à mes devoirs , répondre à cette insolence et dire librement ce que j'en pense?

A vous entendre , vous ne nous disiez rien , vous ne vous occupiez pas de nous. Si je suis revêtu de la dignité que vous me supposez, pouvez-vous en conscience me tenir ce langage ? Votre *jeune ami n'a point attaqué le Clergé manceau.* Et quand il a appelé Apôtres de l'erreur ceux qui prêchaient la même doctrine que le Clergé du Mans, que le Clergé de la France et de toute la Chrétienté a toujours prêchée, quand il a blasphêmé les premières vérités de la Religion, que le Clergé doit par état et par conviction

soutenir et venger., n'a - t - il point attaqué le Clergé
manceau ? Quand vous avez pris si chaudement la
défense de ce jeune ami., jusqu'à vouloir faire retom-
ber sur M. Fleuriot la responsabilité de l'article inséré
dans son Journal du 11 mars (Propagateur., page 64);
quand vous avez vous - même parlé du Pape et des
Missionnaires de la manière la plus indécente ; quand
vous avez publié des anecdotes controuvées , et qui ne
pouvaient produire autre chose que des scandales , si
elles eussent été vraies ; quand vous avez commenté
M. Chevalier et calomnié M. de Pidoll, laissiez-vous
le Clergé du Mans tranquille ? Est - ce moi qui vous
attaque en le défendant , et pouvez-vous dire que j'aie
négligé l'avertissement charitable que vous nous don-
nez : *Vous êtes bien forts dans l'attaque , mais nous
avons fait nos preuves dans la défense ?*

Je soutiens , M. Goyet , que je ne vous ai point attaqué , que je n'ai usé que du droit d'une légitime défense comme Chrétien , comme ami de la vérité et de
toutes les saines doctrines. J'ai traité vos brochures,
comme je croyais , comme je crois encore qu'elles
méritaient. Le public raisonnable jugera lequel de
nous deux a eu tort ; ou bien , si vous l'exigez pour
votre satisfaction , le tribunal en décidera juridique-
ment après avoir entendu le plaidoyer savant et rai-
sonné que vous nous promettez.

N'allez pas, je vous en préviens, apporter contre moi
l'article onze de la Charte , et prétendre que je l'ai
violé ; car je m'inscrirai en faux, et je vous défierai de
me convaincre ou de faire illusion aux juges. Je n'ai
point eu l'intention d'aller scruter dans votre vie pas-

sée, et reproduire au grand jour les votes que vous avez pu émettre autrefois , non plus que vos opinions du vieux temps ; je n'y ai pas songé. Si j'ai dit que vous vous faisiez gloire d'avoir été en opposition à tous les Gouvernemens jusqu'en 1814, c'est parce que je l'ai trouvé à la page 57 de votre Propagateur. Si j'ai dit que vous y aviez encore été depuis ce temps-là , c'est parce que vous n'avez cessé de vous plaindre et de vous trouver mal à votre aise ; parce que, si vous n'êtes pas l'auteur, comme je veux bien le croire, vous êtes au moins le défenseur très - déclaré d'une doctrine qui conduit là. Je vous ai invité à désavouer l'approbation que vous avez donnée à cette doctrine, ou à la concilier avec les vrais principes. Dès que vous aurez franchement fait l'un ou l'autre , mon inculpation ne sera plus fondée ; je la retire à cette condition : sans cela je persiste à dire que je ne vous ai point calomnié. Ce que vous avouez, qu'il faut rendre à César ce qui est à César , est très-vrai et reconnu de tout le monde , mais ne satisfait pas à ma demande.

Je vous ai dit , M. Goyet , et c'est la pure vérité , que je vous ai uniquement jugé sur vos brochures et sans égard à vos opinions passées ; vous devez en user de même à mon égard. Si j'avais fait par hasard l'histoire de votre vie , et mis au grand jour quelques faits qui fussent capables de nuire à votre honneur, vous pourriez tout au plus me rendre la pareille , et (sauf votre recours devant les tribunaux, comme de raison) publier à la face de la terre mes aventures, mes votes, mes opinions : je puis vous assurer que cette mine ne serait pas très-féconde, et qu'en vous tenant dans les bornes du vrai, vous ne feriez pas fortune. Vous ne trouveriez ni louanges ampoulées, ni panégyriques déplacés, ni serment quelconque.

Mais, sans vous amuser à ces petits détails, vous allez creuser dans le passé, ramasser tous les crimes, vrais ou supposés, que vous croyez pouvoir reprocher au Clergé au à quelques-uns de ses membres, et me les jeter sur le corps, me charger de répondre à toutes les allégations qu'il vous plaira de faire, sous peine d'être proclamé vaincu. Voilà le terrible argument par lequel vous prétendez me faire repentir de la levée de bouclier que j'ai osé faire contre vous. En vérité, M. Goyet, est-ce là comme vous raisonniez dans le temps que vous étiez avocat ? Est-ce bien là le moyen de faire disparaître les *imputations odieuses qui, si elles étaient vraies, vous exposeraient à la haine et au mépris de vos concitoyens ?* Si j'allais à mon tour, fondé sur vos principes, énumérer les discours, les opinions, les démarches, les hauts faits de ceux qui ont exercé votre profession ; si, comptant exactement tout ce qu'on peut leur reprocher, je vous sommais d'en faire l'apologie et la justification; ou si, pour vous faire taire, je vous menaçais d'avoir recours à ce moyen, me trouveriez-vous fort logicien ? verriez-vous dans ce procédé beaucoup d'honnêteté, de sincérité et de bonne foi ? Pour plus prompte réplique, vous m'enverriez peut-être de suite le sergent, et me susciteriez un procès. Vous ne manqueriez pas du moins de vous fâcher et d'être d'une très-mauvaise humeur. Souffrez donc aussi que je ne sois pas fort content de vôtre manière de raisonner avec moi, et que je ne me fasse pas un devoir et une obligation de justifier des expressions exagérées dont ont pu se servir quelques individus.

Je pourrais également me dispenser de répondre aux questions impertinentes que vous me faites sur la conduite du Clergé en général, dans les circonstances très-malheureuses où il s'est trouvé depuis 1801, puisqu'elles n'ont aucun rapport à mes brochures, et que vous ne devez, encore une fois, m'attaquer que sur mes brochures, si vous voulez n'être attaqué que sur les vôtres, comme je l'ai fait jusqu'ici.

Néanmoins, M. Goyet, n'allez pas vous imaginer que c'est par un sentiment d'impuissance, et faute de bonnes raisons, que je vous fais cette réflexion. Je ne veux pas me charger de tous les individus ; je veux même laisser de côté vos personalités offensantes, mais je pourrais y répondre sans peine.

Le reproche capital que vous faites au Clergé en général, c'est d'avoir prêté le serment d'obéissance et de fidélité à Napoléon ; d'avoir prié pour la République, pour les Consuls et pour l'Empereur. Vous prétendez que ceux qui prêtaient ce serment et faisaient ces prières, conservaient une restriction mentale au fond de leur cœur, une restriction jésuitique, à la faveur de laquelle ils croyaient pouvoir se tirer d'affaire. Non, monsieur, ils ne conservaient point dans leur ame de ces coupables restrictions mentales; ils juraient tout de bon, en 1801, obéissance et fidélité au Gouvernement établi par la Constitution de la République.

française; on pouvait dans la suite prêter le même serment à Napoléon , et même s'engager à révéler les ténébreuses machinations qui n'auraient eu pour but que de troubler l'État, sans pour cela renoncer à l'espérance de voir un jour l'héritier légitime remonter sur son trône. Car , lorsque des circonstances impérieuses ont mis le Souverain légitime dans l'impossibilité actuelle de gouverner son peuple , et que les efforts pour le rappeler seraient inutiles , les sujets peuvent et doivent même, pour le bonheur de la société, se soumettre au Gouvernement qui existe par le fait ; quelqu'injuste qu'il soit , ils ne pèchent point en s'y soumettant : le crime est dans l'Usurpateur qui exerce injustement un droit qui ne lui appartient pas ; mais il n'existe point dans les sujets qui ne peuvent faire autrement. S'ils peuvent se soumettre à lui sans péché , ils peuvent lui assurer leur soumission par serment ; car tout ce qui est raisonnable , bon et juste en soi peut être la matière d'un serment. L'obligation de ce serment subsistera jusqu'au moment où de plus heureuses circonstances rendront possible le retour du Souverain légitime , dont les droits ont été suspendus par la force des événemens , sans avoir été détruits ou altérés; du moment où cette possibilité se manifeste, les liens qui retenaient les sujets envers l'Usurpateur sont brisés par le seul fait. Ils doivent l'abandonner et appeler , non-seulement de leurs vœux , mais de tous leurs efforts, celui auquel le trône appartient comme son légitime héritage. Telle est la doctrine de la légitimité ; doctrine enseignée non-seulement par les théologiens, mais par les plus fameux publicistes, et que vous trouverez , si je m'en rappèle bien , développée assez au long dans Pufendorff qui n'était pas jésuite , et qui ne devait pas aimer leurs restrictions. Cette doctrine avait été approfondie long - temps avant qu'elle ait été de pratique chez nous; ceux qui la connaissaient ne firent point difficulté de se soumettre au Gouvernement existant en 1801 ; bientôt tous moralement s'y soumirent , et contribuèrent de tout leur pouvoir à rétablir et à maintenir la Religion et les mœurs.

Par la même raison , dès que l'éloignement du véritable Souverain parut sans remède , les Magistrats et les Fonctionnaires publics purent, sans crime , jurer obéissance et fidélité au Gouvernement intrus, et le servir dans les emplois qu'il leur confiait. Le Souverain légitime ne pouvait pas naturellement être fâché, car, dans ces emplois, ils pouvaient lui être beaucoup plus utiles à l'occasion , que s'ils fussent restés dans la vie privée.

C'est encore sur les mêmes principes que les prières publiques ont été autorisées pour demander au ciel qu'il assistât , conduisît et dirigeât ces Gouvernemens, quoiqu'injustes , pour le plus grand bien spirituel et temporel de la société qui leur était soumise. C'est ainsi que l'Apôtre faisait prier pour les Empereurs romains payens , persécuteurs et même usurpateurs. Ces raisonnemens , que je pourrais sûrement développer davantage , vous paraissent-ils concluans ? S'ils le sont , vos imputations générales ne sont pas fondées , outre qu'elles sont inconvenantes et contre vos propres principes.

Nous ne disons point que le Pontife Romain soit

(13)

infaillible; et quand nous le dirions, et que nous avan-
cerions en même temps qu'en venant à Paris il fit une
fausse démarche , il n'y aurait pas de contradiction ,
je l'expliquerais , s'il le fallait ; mais puisque vous pou-
vez parler *dogme* et *discipline* , vous devez comprendre cela ; et par conséquent cette objection n'annonce
pas des intentions bien droites.

D'ailleurs , si on pouvait , sans félonie , comme je
l'ai montré , se soumettre à Napoléon , lui promettre
obéissance et fidélité , on pouvait aussi peut - être sans
crime lui imposer la couronne et faire des Mandemens
pour annoncer cette cérémonie ; on pouvait en faire
dans les autres occasions , selon l'occurrence et l'exi-
gence des cas. C'est ce qui s'est pratiqué de tout temps
et dans tous les Royaumes où il y a eu des usurpateurs
affermis , sans qu'on y ait trouvé à redire. Vous voyez
donc , M. Goyet , que si je me plains avec raison de
votre système de défense , puisqu'il vous plaît d'appeler cela une défense , je ne manque pas de preuves que je soumettrais volontiers , et sans crainte , au
jugement de personnes instruites et dégagées de toute
partialité.

Je vais me borner là pour aujourd'hui , avec votre
permission , et même très-disposé , ainsi que je vous
l'ai dit dès le commencement, à y rester pour toujours,
si vous nous laissez tranquilles , si vous parlez seulement de ce qui vous regarde , si vous n'avancez point
de principes dangereux , si vous choisissez mieux vos
anecdotes , si vous vous servez d'un ton plus décent
et plus convenable. Mais si vous continuez de suivre
les mêmes erremens, comptez, puisque j'ai commencé,

que je ne me tairai pas aisément, et que, quand il m'en
prendra envie, je dirai la vérité sans crainte et sans
déguisement. Ce ne sera point, soyez - en persuadé,
pour venger M. le Préfet; il est bien assez fort et assez habile pour se venger lui-même quand il jugera à
propos de faire attention à vos clameurs. Si j'ai parlé
de lui, ç'a été de mon propre mouvement, comme
dans tout le reste; personne ne m'a tracé la marche
que je devais suivre : il n'est point mon client, non plus
que les Magistrats. Je ne suis l'avocat que de la vérité;
mais par-tout où je la trouverai outragée, je puis en
soutenir les droits sans mériter vos reproches.

COMPTE RENDU

AU

PUBLIC,

DU

SUCCÈS DE LA PREMIÈRE LEÇON

DE

LOGIQUE ET DE BON SENS,

Donnée à **M. BARBIER**, *par* **M. J.**

A LA première occasion favorable, j'aurais probablement dit un mot à la louange de M. Barbier; car on m'avait assuré qu'il était entré dans des sentimens raisonnables, et qu'il donnait des espérances pour l'avenir. Je supposais que, rentrant en lui-même et réfléchissant sur son étourderie, il avait aperçu qu'il s'était mal enfilé et voulait prendre une autre route. C'est bien certainement, de l'aveu de tout le monde, ce qu'il aurait de mieux à faire, et le vrai moyen de rétablir sa réputation. Je n'étais pas néanmoins tenté de m'attribuer ce succès, je le croyais l'effet d'une autre cause, et je n'en étais nullement jaloux; car, pourvu que le mal soit arrêté, que le bien s'opère, n'importe comment et par qui, les amis de la vérité, les hommes raisonnables sont satisfaits, et je crois être de ce nombre ; mais ces rapports étaient mal fondés. Peut-être M. Barbier avait-il ouï dire qu'ils circulaient, et il s'est hâté de les démentir publiquement et d'en donner des preuves sans réplique. Il s'est fâché, courroucé contre moi ; il me traite rudement , et paraît peu disposé à recevoir les leçons que j'avais eu la charité de lui administrer.

Ce début est d'un mauvais augure, et laisse peu d'espoir auprès d'un écolier si revêche et si méchant. Il ne nie pas cependant qu'il ait besoin de leçons ; il avoue assez humblement que son éducation a été tronquée ; il a été porté à faire cet aveu humiliant par la persuasion où il était que je connaissais à point nommé tout le détail de sa vie et les circonstances qui l'avaient forcé d'interrompre ses études ; il se trompe. La première fois que j'ai lu ses brochures , je l'ignorais absolument. J'ai appris depuis , par des témoignages non suspects , son histoire , dont il raconte une partie.

Le fait certain, et non contestable, est qu'il était allé chercher du latin dans un Collège, et qu'il n'en a guère rapporté : il n'a pas dépassé la quatrième. C'est une cruelle vérité , comme il l'assure , qu'il ne peut ni ne veut cacher : c'est fort bien fait. Il a besoin d'étudier, il en convient ; aussi se hâte-t-il de réparer ce qui lui manque. Déjà il est très-avancé, et bientôt il ne cédera point aux sages immortels, ses maîtres et ses modèles, Boullanger , Helvétius, et les autres coriphées du premier et du second ordre , qui ont tellement ébloui de leur lumière les yeux de leurs adeptes , qu'ils en ont perdu la vue ; lui-même n'y voit plus guère, s'il y voit encore. Mais, en revanche, il a acquis une intrépidité que rien ne peut intimider , une force d'ame au-dessus de toute considération divine et humaine : jamais Voltaire et Rousseau , qui étaient pourtant bien d'autres génies sans doute, n'ont été plus hardis. Il n'en a pas pour long-temps à égaler Diderot, et même Condorcet.

Dans son enfance , *il écoutait, comme un autre , les contes que lui débitait une nourrice bavarde , c'est-à-dire les leçons de religion ; cette phantasmagorie du Christianisme troublait son imagination naissante.* C'est là ce qui s'appèle de la philosophie et du courage *à la Barbier ;* il ne se traîne pas servilement sur les pas d'un vulgaire à préjugés. La Religion Chrétienne a troublé son cerveau dans ses jeunes ans, mais il a reconnu clairement qu'elle n'était qu'une fable ; il a compris que tous ses dogmes n'étaient que des fantômes ; il n'y a point d'enfer, point de purgatoire, point de péché; il y a un Dieu qui a créé l'homme pour être heureux, mais qui ne regarde point ses fautes et ne les punit jamais. Nous sommes faits pour nous-mêmes ; c'est notre propre bonheur que nous devons sans cesse chercher en suivant l'attrait de nos sens : en cela consiste la vertu , et nous ne devons à Dieu aucun autre culte. Il est bien clair , d'après cela , que les Prêtres ont inventé la Confession pour s'introduire dans le secret des familles , et tuer les patriotes dans leur lit en leur faisant baiser le Crucifix; il a vu un fait de cette nature : il en pourrait citer 200 témoins, et apparemment par humanité, il n'en veut point parler aux tribunaux. Ils ont dû aussi inventer l'Evangile et tous les faits qui s'y rapportent.

Voilà un petit tableau des grandes découvertes

qu'a faites le jeune Barbier. Il a convaincu de faus-
seté toute l'antiquité ; les savans de tous les âges, de
tous les siècles , de tous les royaumes , que l'Univers
admire, n'ont été que des sots, des ignorans et des su-
perstitieux , des hommes vieillis dans leurs erreurs ,
qui, de dessein formé, avaient perverti leur jugement.
Nous autres , qui avons la simplicité de tenir à leur
doctrine, et de marcher sur leurs traces , ne sommes
pas seulement dignes de compassion , mais du plus
profond mépris. Nous composons une espèce de Con-
frairie de servitude , de préjugés et d'ignorance qu'on
appèle le *Grand Ordre de l'Eteignoir*. Les Prêtres
et autres gens semblables en sont les officiers ; tous
ceux qui vont encore à l'Eglise , ou craignent Dieu ,
en sont les membres.

Où M. Barbier a-t-il pris tant de science , tant d'é-
rudition ? Comment a-t-il si facilement dissipé tant
d'erreurs , qui ont été regardées par le monde entier ,
par les hommes les plus illustres , comme des vérités ?
A-t-il fouillé dans les annales des siècles passés, com-
pulsé tous ces monumens, qu'on avait toujours regardé
comme des preuves authentiques ? A-t-il consulté les
Pères et les Docteurs, comparé les attaques et les dé-
fenses ? Oh, vraiment non : il n'a pas été si fou que
de perdre son temps à cela. Il ne connaît ni ces annales, ni ces monumens , ni ces Pères, ni ces Docteurs ; il ne sait pas du tout ce que c'est qu'un Père
ou un Docteur, ni ce qu'ils ont écrit, ni sur quoi ils
ont écrit , ni probablement dans quelle langue ils ont
écrit ; il n'est pas capable de les entendre : ainsi il les
a laissés de côté sans s'occuper d'eux. Mais il a réfléchi,

et son intelligence droite et pénétrante a découvert du premier coup que tout cela n'était qu'un échafaudage de mensonges ; d'un souffle il a renversé cet édifice mal construit, et se tient maintenant fort à son aise avec la seule existence d'un Dieu qu'il ne craint point : voilà sa croyance et toute sa religion.

Raillerie à part, je crois devoir avertir les pères et mères, maîtres et maîtresses, et tous ceux qui ont quelqu'autorité, d'empêcher avec soin les productions dudit Claude Barbier d'approcher de leurs inférieurs : elles ne peuvent que leur être pernicieuses sous tous les rapports. Quiconque conserve encore, je ne dis pas de la piété, mais un reste d'estime pour la vérité, pour les principes de la Religion, de la morale et de la société, ne verra pas sans frémissement et sans horreur un jeune homme, fort de son ignorance, de son audace et de son impiété, vomir, à plein la bouche, les plus épouvantables blasphêmes qu'on ait jamais entendus. C'est blesser en même temps toutes les convenances, tous les principes, toutes les règles de la raison et du bon sens, toutes les lois religieuses et civiles ; il ne m'appartient pas d'en dire davantage sur ce point. C'est insulter tous ceux à qui on a la prétention de donner ces monstruosités comme des leçons agréables et utiles. Quand on voit un homme qui se croit raisonnable mettre, sans honte et sans pudeur, son nom sur l'extérieur de son libelle, pour empêcher qu'on ne vienne à le contrefaire, et à partager avec lui le triste honneur du scandale qu'il veut donner au monde, on est frappé d'une surprise dont on ne revient pas. On ne saurait comprendre comment, à

moins qu'on soit privé de l'usage de ses facultés intel-
lectuelles ou de la liberté , on puisse se permettre ces
inconcevables excès. Je ne suis pas en train de plai-
santer sur un sujet si grave et si sérieux, encore moins de
réfuter pied-à-pied un soit-disant libéral, dont la science
consiste à nier tout avec obstination : ce serait lui faire
infiniment plus d'honneur qu'il n'en mérite ; autant
vaudrait-il discuter avec un de ces hommes privés de
toute éducation , qui jurent ou frappent dans leur co-
lère. Ce n'est point par des leçons de logique et de bon
sens , qu'on peut guérir une tête si malade......

F I N.